Baleines
droit devant !

L'auteur : Joanna Cole a eu une prof de sciences
qui ressemblait un peu à Mlle Bille-en-Tête.
Après avoir été institutrice, bibliothécaire et éditrice
de livres pour enfants, Joanna s'est mise à écrire.
La série *Le Bus magique* connaît un très grand succès
aux États-Unis !

L'illustrateur : Yves Besnier est né en 1954.
Il habite à Angers. Il illustre des affiches publicitaires
ainsi que des livres pour enfants chez Gallimard,
Nathan, Hatier, Bayard. Il a dernièrement illustré
Cendorine et les dragons, paru en 2004 chez Bayard
Éditions Jeunesse.

L'auteur tient à remercier Caroline M. DeLong pour
ses conseils judicieux lors de la préparation du manuscrit.

Titre original : *The Wild Whale Watch*
© Texte, 2000, Joanna Cole.
Publié avec l'autorisation de Scholastic Inc., 557 Broadway, New York,
NY 10012, USA.
Scholastic, THE MAGIC SCHOOL BUS, le Bus magique et les logos
sont des marques déposées de Scholastic, Inc.
Tous droits réservés.
Reproduction, même partielle, interdite.
© 2005, Bayard Éditions Jeunesse pour la traduction-adaptation
française et les illustrations.
© 2009, Bayard Éditions

Conception et réalisation de la maquette : Isabelle Southgate

Loi n° 49 956 du 16 juillet 1949
sur les publications destinées à la jeunesse.
Dépôt légal : mars 2005 – ISBN : 978 2 7470 1481 6.
Imprimé en Allemagne par Clausen & Bosse.

Baleines
droit devant !

Joanna Cole

Traduit et adapté par Éric Chevreau
Illustré par Yves Besnier

DOUZIÈME ÉDITION
bayard jeunesse

La classe de Mlle Bille-en-Tête

Raphaël

Thomas

Véronique

Carlos

Ophélie

Kicha

Anne-Laure

Lise

Arnaud

**Bonjour,
je m'appelle Véronique,**
et je suis dans la classe de Mlle Bille-en-Tête.

Tu as peut-être entendu parler d'elle,
c'est une maîtresse extraordinaire,
mais un peu bizarre.
Elle est passionnée de sciences.
Pendant ses cours, il se passe toujours

des choses incroyables.

En effet, Mlle Bille-en-Tête
nous emmène souvent en sortie

dans son **Bus magique** qui peut se transformer
en hélicoptère, en bateau, en avion...

Ah ! J'oubliais ! La maîtresse s'habille
toujours en rapport avec le sujet étudié,
et elle a un iguane, Lise. Original, non ?

Dans ce livre, tu trouveras des informations
données par le *Carnet de bord*
du Capitaine Gilles et les dossiers
que nous préparons à la maison
Ainsi, tu seras incollable
sur les baleines !
Et ça, ce n'est pas mal non plus !

1

À nous l'océan !

Ce jour-là, Mlle Bille-en-Tête est en retard. On s'assoit sagement et on ouvre notre livre de sciences. Au bout d'un moment, on commence à perdre patience.

– Bizarre, dit Thomas en regardant la pendule. D'habitude, elle est la première à arriver...

– Surtout quand il y a un cours de sciences, ajoute Anne-Laure.

Soudain, Mlle Bille-en-Tête entre en coup de vent (elle entre toujours en coup de vent) et s'écrie :

– Bonjour, les enfants ! Désolée d'être en retard. Je suis passée à la salle des maîtres pour prendre un courrier très important.

Elle porte une jupe jaune avec des dessins de baleines ! Elle agite une enveloppe mystérieuse.

– Qu'est-ce que c'est ? demande Kicha, curieuse.

– C'est une surprise, fait la maîtresse, un cadeau de mon vieil ami, le capitaine Gilles. Il nous embarque sur son bateau, le *Neptune*. Et nous partons sur-le-champ !

– Je sais, s'exclame Kicha, on va voir les baleines !

Ce n'est pas très difficile à deviner : nous devions justement préparer chacun une fiche d'identité d'une baleine pour aujourd'hui. Moi, j'ai choisi de travailler sur la baleine franche.

Raphaël fait un bond de trois mètres :

– Youpi ! J'ai toujours eu envie de voir des baleines en vrai !

– Moi pareil, s'écrie Thomas. J'espère qu'on

verra une baleine bleue. Elles sont énormes !

Thomas a écrit son dossier sur la baleine bleue (en fait, elle est plutôt gris-bleu).

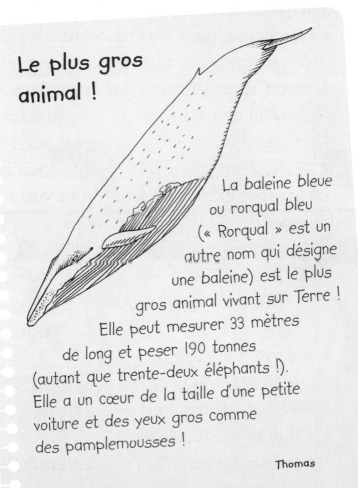

Le plus gros animal !

La baleine bleue ou rorqual bleu (« Rorqual » est un autre nom qui désigne une baleine) est le plus gros animal vivant sur Terre ! Elle peut mesurer 33 mètres de long et peser 190 tonnes (autant que trente-deux éléphants !). Elle a un cœur de la taille d'une petite voiture et des yeux gros comme des pamplemousses !

Thomas

– Une baleine bleue ? réfléchit à voix haute Mlle Bille-en-Tête. C'est possible, mais je ne peux rien promettre. Il existe tellement de baleines ! Tenez, voilà qui vous aidera à vous repérer.

Notre maîtresse sort de petits carnets de l'enveloppe. Elle en donne un à chacun.

Sur la couverture, je lis : « Carnet de bord du capitaine Gilles ».

– Le capitaine Gilles est un spécialiste des baleines. Dans son journal de bord, vous trouverez plein d'informations utiles sur ces animaux fabuleux.

Carlos le feuillette et il s'écrie :

– Ouah ! Je ne savais pas qu'il y en avait autant !

– C'est pourquoi les scientifiques les rangent dans plusieurs groupes, qu'on appelle des familles.

– Eh bien, soupire Thomas, si on rencontre une baleine bleue, on aura de la chance...

– Peut-être le jour où les baleines auront des dents, le taquine Raphaël.

– Mais, Raphaël, certaines baleines ont déjà des dents, dit Mlle Bille-en-Tête sur un ton très sérieux.

Arnaud est le plus enthousiaste :

– Ça va être une super sortie ! Surtout qu'on sera sur un vrai bateau. Au moins, rien ne pourra nous arriver.

Rien ? Hum, je n'en suis pas si sûre. J'avoue que je m'inquiète un peu. Un coup de queue, et on se retrouve au fond de l'eau en moins de deux !

À DENTS OU À FANONS ?

Baleines, dauphins et marsouins sont des cétacés. On les classe en deux groupes :
– les cétacés à dents, comme l'orque ou le cachalot ;

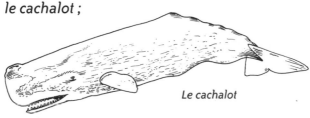

Le cachalot

– les cétacés à fanons, comme la baleine à bosse ou la baleine bleue ; les fanons ressemblent à des peignes dont les lames sont constituées de kératine, une matière dure qu'on retrouve dans nos ongles ou dans les griffes des animaux.

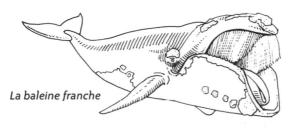

La baleine franche

– Heu... mademoiselle ? Et si l'un de ces gros poissons nous faisait chavirer ?

– N'aie pas peur, Véronique, le capitaine Gilles est un vieux loup de mer, il connaît bien les baleines. Et sache que les baleines ne sont pas des poissons, mais des mammifères, comme les chats, les chiens, les vaches... ou les humains.

LES CÉTACÉS NE SONT PAS DES POISSONS !

Les poissons ont des branchies (des organes qui leur permettent de respirer sous l'eau). Presque tous pondent des œufs. Les cétacés, eux, ont des poumons.
Ils doivent remonter à la surface pour trouver leur oxygène. Les femelles mettent leurs petits au monde, tout comme nous.

2

Première rencontre

Après un voyage sans histoires jusqu'à la côte, le Bus magique se gare dans un port de pêche. Tout est noyé dans un épais brouillard.

– Où est l'océan ? demande Ophélie. Ça sent la marée, mais je ne vois pas l'eau !

On se prépare à descendre du bus quand, tout à coup, je pousse un cri :

– Aaah ! N'ouvrez pas la porte, mademoiselle ! Il y a un géant, là, juste de l'autre côté.

En effet, une ombre immense se découpe

dans le brouillard. Mlle Bille-en-Tête éclate de rire :

– Tout va bien, Véronique ! Ce géant ne ferait pas de mal à une mouche, et encore moins à un enfant.

Elle débloque la porte et descend les marches pour aller saluer un homme très grand, habillé d'un ciré jaune de marin-pêcheur. Il a une grosse barbe blanche et une casquette bleu marine, avec une ancre cousue sur le devant. Il la retire en signe de bienvenue :

– Capitaine Gilles, à vos ordres, mar-monne-t-il d'une voix cassée. J'ai essayé de vous appeler, mais vous étiez déjà partis. J'ai une mauvaise nouvelle pour les moussaillons...

Le géant se racle la gorge, comme s'il n'arrivait pas à parler.

– Allons, allons, le rassure Mlle Bille-en-Tête, ça ne doit pas être si grave...

Pour notre maîtresse, rien n'est jamais grave.

– Il y a eu un sacré orage la nuit dernière. Le *Neptune*, mon bateau, a subi des dégâts. C'est réparable, mais il ne prendra pas la mer aujourd'hui.

Et voilà, privés de baleines ! Nous sommes super déçus. Mais Mlle Bille-en-Tête n'a pas dit son dernier mot :

– J'avais raison : rien de grave ! Montez à bord, capitaine ! Et en avant toute : droit vers le large !

La maîtresse se rassoit derrière le volant. Elle referme la porte du bus et remet le moteur en marche. Lentement, nous avançons le long de la jetée.

Le brouillard nous empêche toujours de voir où nous allons. Le capitaine s'écrie :

– Attention, vous roulez droit vers le bout de la jetée !

Mlle Bille-en-Tête accélère. À côté de

moi, Ophélie met les mains sur ses yeux. Elle gémit :

– Pourquoi ce bus ne reste pas sur la route, comme tous les autres ?

Soudain, le brouillard se dissipe. Il y a un drôle de balancement. Je jette un coup d'œil par la fenêtre. Nous sommes entourés d'eau. Le bus s'est transformé en bateau, et nous voguons vers le large !

Le capitaine Gilles se frotte les yeux :

– Nom d'une pipe en bois ! Je rêve, ou quoi ?

– Non, capitaine, soupire Arnaud. Vous êtes dans le Bus magique... enfin, le Bateau magique. Ne vous inquiétez pas : nous, ça nous arrive tout le temps !

Le capitaine regarde autour de lui en écarquillant les yeux de surprise. Il examine la cabine de pilotage. Les instruments de navigation brillent comme si on venait de les astiquer.

– Joli bateau, mademoiselle Bille-en-Tête. Si je prenais la barre ? J'ai l'œil, moi, pour les baleines !

– Je vous en prie, dit la maîtresse en lui cédant sa place.

Lise saute sur l'épaule du vieux loup de mer et scrute l'eau. La maîtresse fait les présentations.

– Parfait, se félicite le capitaine. Lise sera mon second.

Tout à coup, une ombre attire mon regard. Elle passe très vite sous le bateau. Avant même que je puisse ouvrir la bouche, l'apparition bondit hors de l'eau. Puis une autre. Et encore une autre.

Je hurle :

– Des dauphins ! Là, à gauche !

Tout le monde tourne la tête. Un large sourire se dessine sur le visage barbu du capitaine :

– Bien vu ! C'est le comité d'accueil : des dauphins communs. Et, puisque nous sommes sur un bateau, autant que vous appreniez les mots exacts : quand on regarde vers l'avant, la gauche s'appelle « bâbord », et la droite « tribord ».

Les uns après les autres, les dauphins plongent et replongent autour du bateau. Ils sont de toutes les couleurs : noirs, gris, crème...

Anne-Laure, qui a fait son dossier sur le dauphin, son animal préféré, court à l'avant du bateau-bus.

– Regardez, ils dansent autour de la proue ! (Elle adore les mots savants.) On dirait qu'ils nous montrent le chemin.

Flipper, mon ami !

Il existe une quarantaine de familles de dauphins. Certains vivent en eau douce, d'autres en eau salée. Leur couleur, leur taille et leur poids varient ; en général ils mesurent moins de 3 mètres et pèsent 200 kg. Ils sont curieux, agiles... et intelligents. Et, comme ils aiment la compagnie, ils se laissent facilement dresser par l'homme.

Anne-Laure

– Exact, fillette ! Les dauphins aiment beaucoup le contact avec l'homme. Pour les marins, ils sont toujours une compagnie agréable.

– Les dauphins font partie des cétacés à dents, n'est-ce pas ?

– Je vois que tu t'y connais !

3

Baleine
à bâbord !

Les dauphins poursuivent leur route, et nous les perdons de vue. Nous sommes tellement heureux de les avoir aperçus ! Le capitaine Gilles s'exclame avec entrain :

– Ce voyage commence bien, moussaillons ! Avec un peu de chance, nous verrons bientôt notre première baleine...

Mlle Bille-en-Tête nous distribue des paires de jumelles :

– Et voici qui vous aidera à les repérer !

Hum... Moi, je ne suis toujours pas rassurée. Mais j'ai beau scruter l'océan, je ne vois rien qui ressemble de près ou de loin à une baleine. Pas l'ombre d'une queue ni d'une nageoire. Les autres n'ont pas l'air plus chanceux que moi. Le capitaine vient à notre aide. Il explique :

– Quand on cherche des baleines, on doit d'abord repérer la colonne d'eau qu'elles soufflent en venant respirer à la surface. Tenez, là, à bâbord !

QUEL SOUFFLE !

Les cétacés respirent à la surface par un trou qu'on appelle un évent.
Les cétacés à dents en ont un seul ;
ceux à fanons deux.
Comme l'évent se trouve sur leur tête,
ils peuvent respirer en gardant leur corps sous l'eau.
Le jet qu'on aperçoit au-dessus de l'eau,
ce sont des gouttelettes que les cétacés rejettent avant de prendre leur respiration.

Je regarde dans la direction indiquée par le capitaine. Thomas s'écrie :

– Je la vois ! On dirait un nuage de brume !

– Si on observe avec attention la forme du souffle, précise le capitaine, on peut savoir de quelle baleine il s'agit.

Vite, Thomas cherche dans le carnet de

bord le passage sur les différents types de souffle.

– Capitaine, ça doit être un rorqual à dos de rasoir ! s'exclame Thomas.

Juste à cet instant, une immense baleine gris sombre s'élance hors de l'eau. Elle se dresse presque à la verticale et nous découvrons sa mâchoire et son ventre blancs. Le capitaine félicite Thomas :

– Bravo, moussaillon ! C'est bien un rorqual. Un rorqual commun, appelé aussi « à dos de rasoir » à cause de l'arête le long de son dos.

C'est Ophélie qui a travaillé sur le rorqual commun.

Tout le monde est très excité : normal, c'est notre première baleine. Je suis la seule à être moins enthousiaste, car j'ai peur :

– Oh, non ! Elle vient droit sur nous !

Mais la baleine retombe en arrière dans une grande explosion d'eau.

– Ouah ! s'exclame Arnaud. Ça, c'est un saut !

Le capitaine précise :

– On pense que les baleines sautent pour ne pas perdre de vue les autres baleines du troupeau. Peut-être que celle-ci s'est perdue... Ou alors elle est en train d'assommer une proie.

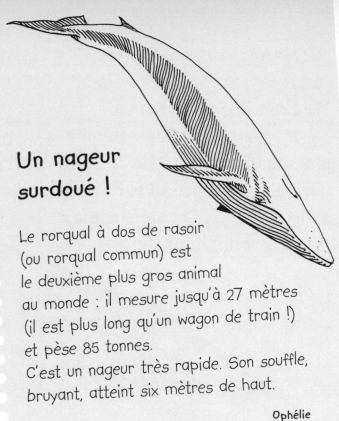

Un nageur surdoué !

Le rorqual à dos de rasoir
(ou rorqual commun) est
le deuxième plus gros animal
au monde : il mesure jusqu'à 27 mètres
(il est plus long qu'un wagon de train !)
et pèse 85 tonnes.
C'est un nageur très rapide. Son souffle,
bruyant, atteint six mètres de haut.

Ophélie

Je m'inquiète :

– J'espère qu'aucune baleine ne va avoir l'idée de sauter pour nous assommer...

– Mais non, Véronique, me rassure le capitaine. Elles ne s'approchent pas des bateaux. J'ai beaucoup navigué, mais je n'ai jamais eu de problème avec les baleines.

Notre baleine pointe de nouveau sa tête hors de l'eau :

– Regardez la petite curieuse : elle nous espionne, s'esclaffe le capitaine.

– Oui, eh bien, moi, je trouve qu'elle nous espionne d'un peu trop près. On peut s'éloigner, mademoiselle ?

– Pas de problème, Véronique.

Mlle Bille-en-Tête a dans les yeux une petite lueur malicieuse qui n'annonce rien de bon...

Arnaud souffle au capitaine :

– La maîtresse prépare quelque chose, je crois. Mais ne vous inquiétez pas, on a l'habitude...

– L'habitude de quoi ?

Mais Arnaud n'a pas le temps de lui répondre. Mlle Bille-en-Tête pousse un bouton rouge sur le tableau de bord. En un clin d'œil, les murs de la cabine s'arrondissent et la cabine s'allonge. Le bateau se transforme en sous-marin !

– Fini de barboter en surface ! Dans la vie, il faut savoir se mouiller ! lance-t-elle joyeusement. Et, pour trouver les cétacés, le mieux est d'explorer les fonds marins !

Arnaud rit en me voyant froncer les sourcils :

– Allez, Véronique, quoi ! Ne sois pas une poule mouillée !

La championne du saut

Par la fenêtre du bus-sous-marin, nous découvrons des centaines de poissons qui nagent autour de nous. Le rorqual aperçu à la surface s'en va à grands coups de nageoires dans la direction opposée. Tout est calme, on n'entend que le ronron du moteur.

Soudain, une énorme silhouette bouche la fenêtre. Je pousse un cri :

— Mademoiselle Bille-en-Tête ! C'est quoi, ça ?

— Ça, dit le capitaine, c'est une baleine à bosse !

Raphaël, qui a fait son dossier sur les baleines à bosse, explique :

– On leur donne ce nom parce qu'elles bombent très fort le dos quand elles vont sonder, n'est-ce pas ?

– Sonder, c'est quoi ? demande Ophélie.

– Plonger, répond le capitaine. Et Raphaël a raison : ce sont les baleines qui courbent le plus le dos.

La baleine continue de nager le long du bus.

– Elle est aussi grosse que le bus marin ! constate Carlos.

– Et regardez ses nageoires ! Elles sont plus longues qu'une voiture !

Le bus contourne la baleine, et nous pouvons alors admirer le dessous de sa queue.

– Vous voyez ces marques noires et blanches, moussaillons ? Eh bien, elles sont différentes pour chaque baleine à bosse.

– Vous ne trouvez pas que ses marques ressemblent aux fleurs du pissenlit ? dit Ophélie. On pourrait l'appeler « Pissenlit » !

Raphaël hausse les épaules :

Vive la championne !

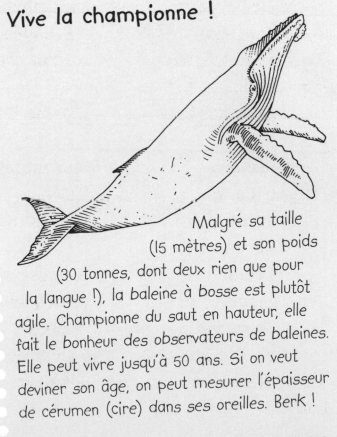

Malgré sa taille (15 mètres) et son poids (30 tonnes, dont deux rien que pour la langue !), la baleine à bosse est plutôt agile. Championne du saut en hauteur, elle fait le bonheur des observateurs de baleines. Elle peut vivre jusqu'à 50 ans. Si on veut deviner son âge, on peut mesurer l'épaisseur de cérumen (cire) dans ses oreilles. Berk !

Raphaël

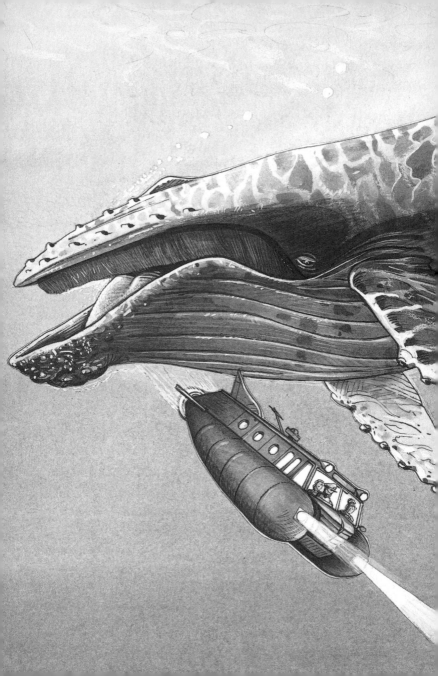

À QUOI SERVENT LES NAGEOIRES ?

Il existe trois types de nageoire :
– la nageoire caudale : la baleine l'agite comme une hélice pour avancer dans l'eau ;
– les nageoires pectorales, de chaque côté du corps : elles lui servent à se diriger, un peu comme un gouvernail ;
– la nageoire dorsale, qui lui permet de garder son équilibre dans les courants. Certaines baleines n'ont pas de nageoire dorsale.

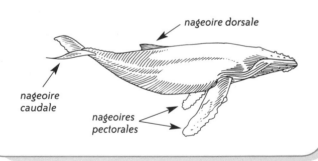

nageoire dorsale

nageoire caudale

nageoires pectorales

– Pff ! C'est bien une idée de fille, donner un nom à une baleine...

– Pourtant, intervient Mlle Bille-en-Tête, c'est ce que font les spécialistes : ils identifient les baleines d'après leurs signes particuliers.

– Le monde des baleines est vraiment passionnant…, soupire Anne-Laure. Si seulement on pouvait nager au milieu d'elles !

– J'ai exactement ce qu'il nous faut ! s'exclame Mlle Bille-en-Tête, l'œil pétillant de malice.

Elle nous entraîne à l'arrière du bus marin et appuie sur un bouton jaune sur la paroi. Un panneau coulisse. Derrière, nous découvrons un grand bassin où sont amarrés quatre mini-sous-marins en forme de baleines ! Le capitaine est stupéfait :

– Saperlipopette ! Jamais vu un truc pareil…

– Ouah ! s'écrie Raphaël. C'est pour nous ?

Tout sourire, Mlle Bille-en-Tête ouvre le

panneau d'un des engins. Elle explique :

— Ce sont des sous-marins de poche. Je les ai appelés les Baleineaux. Ils possèdent deux places chacun et sont très faciles à diriger ! Alors, que diriez-vous d'un petit tour chez nos amies les baleines ?

Arnaud a l'air aussi inquiet que moi !

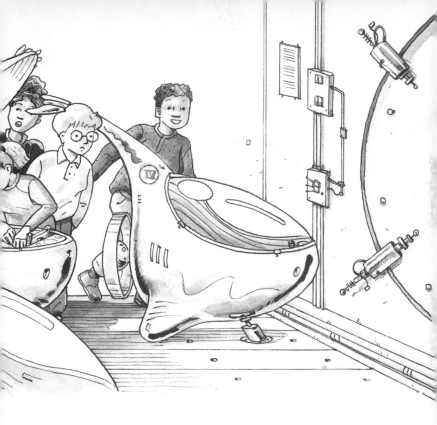

– J'aurais dû me douter que cette sortie ne serait pas une simple promenade, gémit-il.

Mais, déjà, Carlos l'entraîne vers Baleineau 1. Il essaie de le rassurer :

– Ne t'en fais pas, Arnaud, on va embarquer ensemble, si tu veux.

Kicha et Raphaël montent à bord de Baleineau 2. Anne-Laure et Ophélie prennent place dans Baleineau 3.

– Et toi, Véronique, dit Thomas, tu seras mon copilote. Tu verras, on va bien s'amuser !

Je m'installe à côté de lui dans Baleineau 4. Mlle Bille-en-Tête précise :

– Je reste en liaison radio avec vous. Vous pouvez m'appeler si vous avez la moindre question. Mais ne vous aventurez quand même pas trop loin !

Je pense très fort : « Ça, aucun risque... »

– Vous avez tous mon carnet de bord ? demande le capitaine Gilles. Il peut vous être utile pour vérifier une ou deux choses si vous croisez des baleines.

La maîtresse et le capitaine regagnent la cabine. Ils referment le panneau derrière eux. Nous voilà seuls pour nous débrouiller !

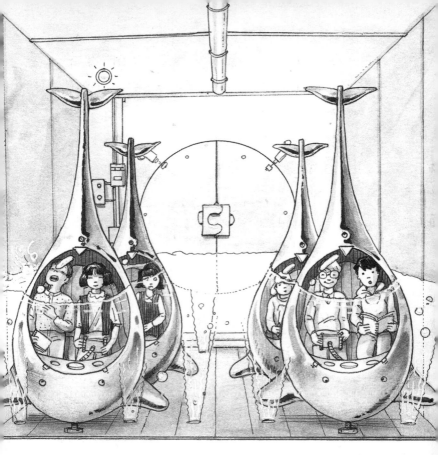

Les quatre mini-sous-marins sont alignés face à un sas circulaire. Lentement, le sas s'ouvre et l'eau monte dans le bassin. Un à un, les Baleineaux glissent en douceur dans l'océan. On s'enfonce vers l'inconnu.

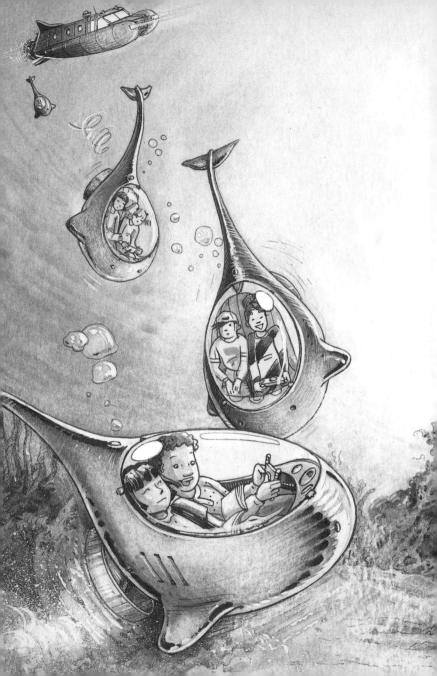

5

Partie
de chasse

On se suit en file indienne. Thomas s'amuse comme un fou à piloter. Moi, j'ai une de ces frousses... Les bulles dans le sillage de Baleineau 3 m'empêchent d'y voir clair.

– Tu arrives à te repérer, dans cette bouillie ? dis-je.

– Ne t'inquiète pas, Véro. Et profite du paysage. Regarde : un banc de morues ! Je me demande quels autres poissons on trouve par ici...

– Pas du genre trop gros, j'espère...

La radio se met soudain à grésiller :

– Bus marin à Baleineau 4, répondez !

Thomas prend le micro et, comme un vrai pro, il lance :

– Rien à signaler. Tout baigne... En fait, on nage dans une espèce de soupe pleine de morceaux pas très appétissants qui flottent dedans. C'est de la pollution, ou quoi ?

– Non, Thomas, c'est du plancton, un mélange de plantes et d'animaux microscopiques. Cette « espèce » de soupe, comme tu dis, est la nourriture principale des poissons et des baleines.

Une voix un peu inquiète remplace celle de Mlle Bille-en-Tête. C'est Raphaël :

– Baleineau 2 appelle bus marin. Il se passe un truc bizarre. Il y a plein de bulles autour de nous, et tous les poissons s'affolent.

– Oh, regardez ! intervient Kicha. Un calamar.

– Je le vois ! crie Thomas.

Le calamar nage juste au-dessus de nous. Il est drôlement rapide ! Pourvu qu'il n'ait pas l'idée de nous agripper avec ses longs tentacules... Je m'empare du micro :

– Mademoiselle Bille-en-Tête, j'ai peur ! Sortez-nous de là !

La voix de Carlos se fait entendre à la radio :

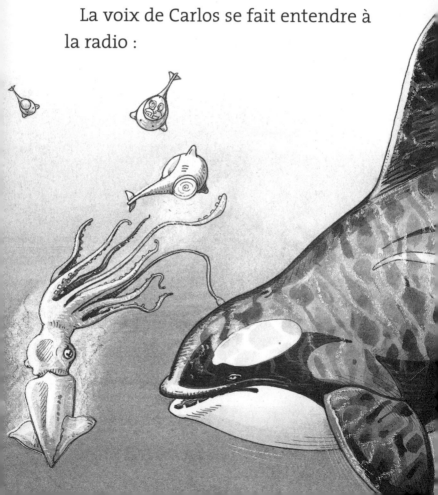

– On dirait que quelque chose poursuit le calamar. Quelque chose de noir et blanc, et GROS ! Une orque !

L'orque se rapproche dangereusement du calamar. Sa queue fouette l'eau autour d'elle, sans doute pour étourdir sa proie. Notre mini-sous-marin se met à tanguer avec violence.

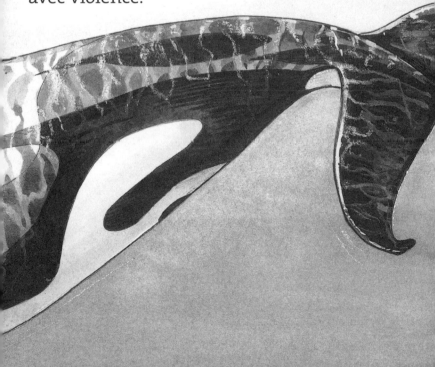

Un terrible chasseur !

L'orque, appelée aussi épaulard, est le plus gros mangeur de viande parmi les cétacés à dents. Elle chasse les poissons, les phoques, et même les dauphins et les baleines !
Elle se sert de sa queue puissante pour avancer très vite ou assommer ses proies.
Heureusement, elle ne s'attaque pas à l'homme...

Carlos

– Cramponnez-vous ! nous conseille Mlle Bille-en-Tête. Vos sous-marins sont solides, mais ça risque de secouer un peu...

« Un peu » ? On a l'impression d'être dans une machine à laver !

Heureusement que j'ai bouclé ma ceinture ! J'ai l'estomac aussi retourné que le sous-marin...

Enfin, nous retrouvons notre équilibre. J'ai beau scruter le plancton, je ne vois plus l'orque ni le calamar. Pas plus que les autres sous-marins...

– Ouf ! soupire Thomas. On se serait crus dans le grand huit !

– Mais où sont passés les autres Baleineaux ? Et le bus marin ?
Je ne vois plus personne.
On est perdus !

– Tout va bien, Véronique, on a la radio.

Il attrape le micro :

– Baleineau 4 à bus marin... Répondez, bus marin !

La radio grésille un peu, puis... plus rien !

– SOS ! SOS ! hurle Thomas dans le micro. Bus marin, répondez !

Silence.

– Ne me dis pas que le contact radio a été coupé ?

– Si, murmure Thomas.

– Oh, non ! Je le savais ! Qu'est-ce qu'on va devenir ?

– Réfléchissons calmement. C'est inutile de chercher le bus dans cette purée de pois. Le mieux est de ne pas bouger. Mlle Bille-en-Tête nous retrouvera, c'est sûr. Mais quand ?

Thomas regarde par le hublot. Il a l'air inquiet.

6

Perdus en mer !

Pendant ce temps-là, dans le bus marin, le capitaine et Mlle Bille-en-Tête appuient sur tous les boutons du tableau de bord pour essayer de retrouver les Baleineaux. Je le sais, car ils me l'ont raconté à la fin de notre aventure.

La maîtresse lance des appels répétés :

— Bus marin à tous les Baleineaux. Baleineaux, répondez !

Mais la radio reste muette.

— Mille tonnerres ! J'espère qu'il n'est rien arrivé aux moussaillons !

— Leur radio est en panne, mais j'ai quatre points sur l'écran du radar. Tous rapprochés, sauf un : Baleineau 4 a été emporté plus loin. Il faut se dépêcher !

Elle tente un dernier appel radio :

— Baleineaux, si vous m'entendez, restez où vous êtes et profitez de la balade. Je vous vois sur l'écran du radar. On vient vous chercher !

Dans Baleineau 1, Carlos et Arnaud regardent désespérément par le hublot. Comme ils me l'ont dit plus tard, eux aussi sont inquiets.

— Je savais que j'aurais mieux fait de rester chez moi aujourd'hui, se plaint Carlos. Moi qui voulais trier ma collection de pierres...

— Je suis sûr que Mlle Bille-en-Tête va venir à notre secours. Hé, regarde qui est là, juste devant ! J'y crois pas ! La baleine qui vient de nous croiser, c'est... Pissenlit.

— Mais oui, c'est elle, approuve Arnaud.

Je reconnais les marques sur sa queue. Oh, non ! Elle ouvre la bouche !

– Une bouche, ça ? L'entrée d'un tunnel, tu veux dire !

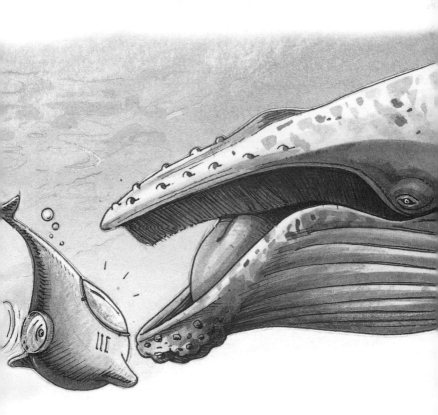

La bouche de la baleine s'ouvre encore plus grand. Les deux garçons poussent un cri de frayeur. Arnaud hurle :

– Elle va nous avaler tout crus, si elle continue !

Mais, au dernier moment, Pissenlit fonce vers une masse de petits poissons et de plancton.

DE VÉRITABLES GLOUTONS !

La baleine ouvre très grand sa bouche. Elle engouffre une énorme quantité d'eau (plusieurs tonnes !) qui contient du plancton et plein de petits poissons (le krill). Puis elle recrache l'eau avec sa langue, tandis que ses fanons retiennent le krill. Dans chaque gorgée, il peut y avoir plus d'un million de ces minuscules poissons !

Puis elle referme son énorme bouche, et l'eau ressort en gros bouillons par les côtés. Le mini-sous-marin manque de nouveau être emporté dans le tourbillon.

Tout à coup, Pissenlit s'enfuit, comme effrayée par quelque chose. Les deux garçons se regardent, étonnés par ce départ précipité. Puis, à travers le hublot, Carlos aperçoit ce qui a fait fuir Pissenlit.

Il pousse un cri de soulagement :

– Le bus marin ! On est sauvés !

En effet, le sous-marin les a retrouvés. Il s'approche de Baleineau 1 et vient se ranger tout contre.

– Ouf ! souffle Arnaud. J'ai bien cru qu'on allait finir dans le ventre de la baleine, comme Pinocchio...

Mlle Bille-en-Tête ouvre le sas du bassin d'amarrage. Carlos manœuvre pour se garer. Le capitaine est là aussi pour accueillir les rescapés :

– Ohé, moussaillons !

Très excités, les deux enfants racontent au capitaine et à leur maîtresse le repas de Pissenlit :

– Ces baleines sont vraiment de grosses mangeuses ! s'exclame Arnaud. Et maman qui trouve que j'ai beaucoup d'appétit...

DE GRANDES VOYAGEUSES !

Chaque année, les baleines viennent chercher de la nourriture dans les eaux froides, près des pôles. Elles la stockent sous forme de graisse, ce qui les aide à garder leur chaleur. Elles repartent ensuite accoucher dans les eaux chaudes, près de l'Équateur.

Nageant à une vitesse de seulement 5 kilomètres à l'heure, les baleines doivent parcourir plus de 1 500 kilomètres en un mois ! Durant ce voyage, elles ne vont pratiquement pas se nourrir.

— Les baleines à bosse mangent beaucoup, car elles stockent la nourriture pour leur long voyage vers le Sud. C'était peut-être son dernier repas avant des mois.

— Où sont les autres ? demande Carlos.

— Ne t'inquiète pas, le rassure Mlle Bille-en-Tête, nous sommes déjà en route vers Baleineau 2. Kicha et Raphaël doivent nous attendre avec impatience.

7

Daisy et Freddy

Comme ils nous l'ont raconté plus tard, Kicha et Raphaël, eux, ont été emportés jusqu'à une sorte de souche géante.

— C'est bizarre, une souche en plein milieu de l'océan, constate Raphaël.

Soudain, la « souche » se retourne, queue par-dessus tête.

— Tu parles ! s'écrie Kicha. C'est une énorme baleine à bosse !

Ils entendent une série de grogne-ments, de couinements et de sifflements. Les bruits sont si forts que l'eau tout autour du mini-sous-marin se met à vibrer. Raphaël se bouche les oreilles :

– Elle n'est pas contente de nous voir, cette baleine, ou quoi ?

– Moi, j'aime bien ces sons... On dirait presque qu'elle chante.

LE CHANT DES CÉTACÉS

Les baleines poussent de longs cris qui ressemblent à des chants. Elles produisent des sons très variés : elles sifflent, grognent, gémissent, bourdonnent, hurlent…
Les baleines à bosse sont premières au Top 50 des cétacés à fanons ! Pendant la période de reproduction, ce sont les mâles qui chantent, pour séduire les femelles.
Les cétacés à dents émettent aussi des « clics », des sons qui rebondissent sur leurs proies. Ainsi, ils les repèrent plus facilement.

À ce moment, un doux ronronnement fait tourner la tête aux deux enfants :

c'est le moteur du bus marin. Raphaël soupire, soulagé :

– Voilà une chanson que j'aime !

Le sous-marin vient se ranger contre Baleineau 2. À leur tour, Kicha et Raphaël rejoignent la cabine.

– Vous avez entendu la baleine, mademoiselle Bille-en-Tête ? demande Kicha.

– Oui, le chant des baleines à bosse est vraiment superbe. Malheureusement, nous n'avons pas trop de temps pour l'écouter : il reste deux mini-sous-marins à récupérer !

Dans Baleineau 3, Anne-Laure commence à s'impatienter :

– Elle est cassée, ou quoi, cette radio !

Ophélie tente de la calmer :

– Ça ne sert à rien de s'énerver... Oh ! Une baleine et son bébé !

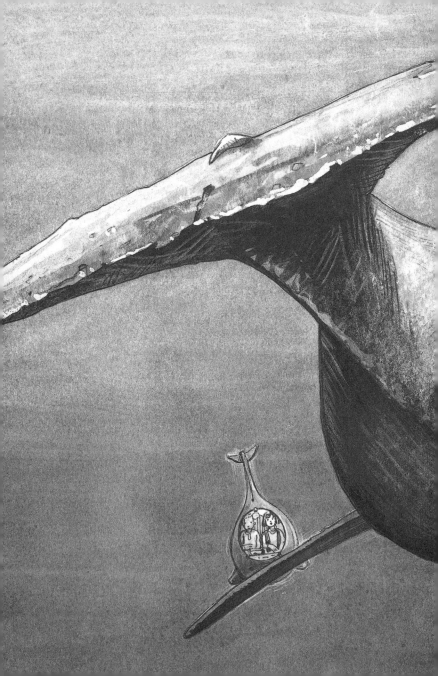

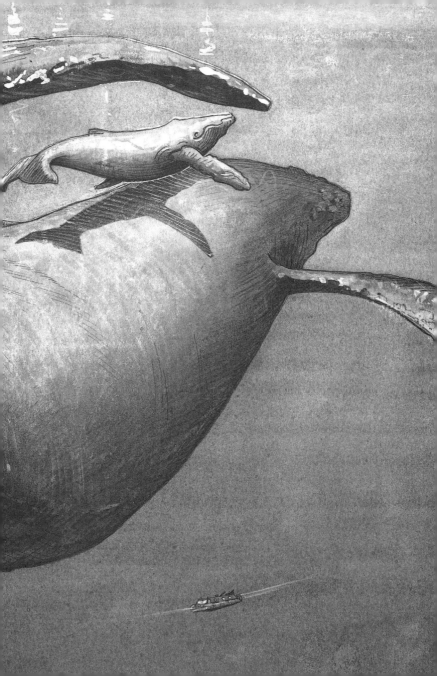

En attendant qu'on vienne les chercher, les deux fillettes observent avec curiosité le manège de la baleine femelle et de son petit. Elles leur donnent des noms : Daisy et Freddy.

— Qu'il est joueur, ce Freddy ! Regarde, Anne-Laure, comme il pousse cette touffe d'algues avec sa tête.

LES BÉBÉS LES PLUS LOURDS DU MONDE !

Le petit de la baleine s'appelle le baleineau. Une baleine n'a qu'un bébé à la fois. Comme tous les mammifères, elle l'allaite, et son lait est très nourrissant. Le jeune rorqual bleu, par exemple, grossit de 4 kg par heure. Presque 100 kg par jour. L'allaitement dure longtemps : jusqu'à quatre ans chez les cachalots ! Pendant toute cette période, le baleineau reste donc aux côtés de sa mère.

Les algues retombent sur son museau, à la grande joie des deux fillettes.

Ne s'éloignant jamais de sa mère, Freddy plonge régulièrement sous son ventre pour téter un peu de lait.

De temps en temps, les deux baleines remontent à la surface pour respirer, puis Daisy replonge, Freddy sur son dos. À chaque fois, elle se met à nager à la verticale, et Freddy glisse le long de sa queue, comme sur un toboggan ! Le baleineau semble adorer ce petit jeu. Il remonte sur sa mère, encore et encore.

Mais, soudain, un bruit se rapproche qui les fait fuir : le bus marin !

Anne-Laure s'écrie :

– Je savais que Mlle Bille-en-Tête ne nous laisserait pas tomber...

La maîtresse accueille Anne-Laure et Ophélie avec un large sourire :

– Bienvenue ! Vous n'avez pas eu peur ?

– Non, non ! répond Anne-Laure en haussant les épaules. Enfin, pas trop...

Ophélie raconte dans tous les détails leur rencontre avec Daisy et Freddy. Quand elle a fini, elle demande au capitaine Gilles :

– Il y a quelque chose que je ne comprends pas : si les baleineaux naissent sous l'eau, alors comment font-ils pour ne pas s'étouffer ?

– Ah, mais la nature pense à tout, explique le capitaine. D'abord, le baleineau naît près de la surface. Aussitôt, sa mère le pousse hors de l'eau pour lui permettre de respirer.

– On appelle ça l'instinct, c'est une réaction naturelle, précise Mlle Bille-en-Tête.

– Comme l'instinct de Thomas pour se fourrer dans les ennuis ?

Anne-Laure rit de sa bonne blague.

Mais Ophélie, elle, s'inquiète :

– À propos, où sont Thomas et Véronique ?

– Nous allons bientôt les rejoindre. Ils sont là, regarde, dit Mlle Bille-en Tête en pointant un doigt vers l'écran du radar. Tiens, c'est drôle : ils ont encore disparu !

– Mais ce n'est pas drôle du tout, au contraire ! s'écrie Ophélie.

– Je crois qu'elle veut dire drôle-bizarre, lui chuchote Arnaud. Pas drôle-rigolo...

8

Sauvés !

— Je commence à avoir un peu faim, dit Thomas. Il n'y a rien à grignoter ici ?

Ça, c'est tout Thomas ! Même perdu en pleine mer, il ne pense qu'à son estomac !

Soudain, des bruits sourds résonnent, et le Baleineau se met à ballotter dans tous les sens.

— C'est quoi, encore ? crie Thomas.

Il feuillette le carnet du capitaine, mais celui-ci lui échappe des mains. Nous sommes secoués comme des pruniers. Les compartiments situés au-dessus de nos têtes s'ouvrent, et les filets, les gilets de survie et les lampes-torches pleuvent sur

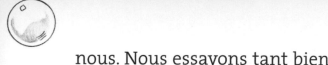

nous. Nous essayons tant bien que mal de les remettre à leur place.

– Hé, super, j'ai trouvé une barre de céréales ! fait Thomas en mâchonnant bruyamment tout contre mon oreille.

– Comment peux-tu manger à un moment pareil ? Viens plutôt m'aider !

Thomas, qui a enfin remis la main sur le carnet du capitaine, trouve le renseignement qu'il cherchait :

– Bonne nouvelle : c'est juste une baleine qui frappe l'eau avec sa queue. Sans doute pour communiquer avec le reste du troupeau.

– Ah ! Tant mieux...

– Mauvaise nouvelle : ça peut durer un sacré bout de temps... Tant qu'elle n'aura pas retrouvé sa petite famille, on va continuer à être secoués !

– Thomas... Je crois qu'on a un problème...

FAMILLE NOMBREUSE

Les cétacés à fanons vivent en groupes de dix. Mais certaines espèces, comme la baleine bleue, sont plus solitaires. Souvent, la femelle est le chef de famille. Elle élève son petit tandis que le mâle parcourt les océans en célibataire.
Les cétacés à dents aiment la compagnie : les familles se regroupent pour nager en troupeaux. Elles peuvent mieux se défendre des prédateurs, comme le requin, et encercler leur proie. Ces grandes tribus comptent entre 10... et 10 000 membres !

– Hum... Quel prob...

Thomas s'interrompt : il vient d'apercevoir la fuite d'eau que je lui montre.

Je saisis le seau qui se trouve sous mon siège. Mais c'est inutile : impossible de le vider tant qu'on est sous l'eau !

C'est alors que je remarque pour la première fois un bouton sur le tableau de bord. Je lis l'inscription dessous :

– « SUR CE ».

– « Sur ce » ? répète Thomas. Qu'est-ce que ça veut dire ?

– Ça doit avoir un rapport avec les bateaux, dis-je en haussant les épaules.

Thomas se penche plus près pour mieux voir :

– Hé, attends une minute ! Il y a un espace entre le R et le C. On dirait que la peinture s'est effacée. J'ai du mal à lire... F et... A.

– SURFACE ! Thomas, un mini-sous-

marin doit pouvoir faire surface, non ?
Peut-être que si j'appuie sur le bouton...

– Euh, tu es sûre que... ?

Quelle question ! Bien sûr que non, je ne suis pas sûre. Mais on ne saura jamais si je n'essaie pas. De toute façon, on n'a plus tellement le choix !

J'appuie sur le bouton en retenant mon souffle.

Je sens le sous-marin remonter lentement. Quel soulagement ! L'eau est de plus en plus claire autour de nous.

Le bus marin va peut-être pouvoir nous venir en aide ?

Enfin, nous émergeons à la surface. L'océan brille à la lumière du soleil. Nous devons plisser les yeux avant de nous habituer à ses rayons.

– Bien joué, Véro ! me félicite Thomas. Même si Mlle Bille-en-Tête ne nous retrouve pas tout de suite, un bateau ou un avion finira bien par nous repérer.

Je plisse les yeux.

– Je vois quelque chose, Thomas. Comme des collines. Tu crois qu'il y a des îles par ici ?

– Des îles qui se déplacent, alors... Parce que tes collines, elles viennent vers nous !

Une seconde après, les « collines » s'élancent vers le ciel. Nous crions ensemble :

– Des baleines !

Il y en a cinq ou six, qui font des concours de sauts en éclaboussant partout. Elles sont noires et dodues, elles ont de grosses nageoires pectorales en forme de rame, mais pas de dorsale. Elles ont des boursouflures sur le front. Elles ressemblent...

Je vérifie dans le carnet du capitaine. Pas de doute.

Je m'exclame :

– Thomas, ce sont des baleines franches ! Une espèce très rare !

Je les reconnais : j'ai fait mon dossier sur elles. Mais je n'aurais jamais cru en voir des vraies !

– Tu sais, il reste moins de cinq cents baleines franches dans l'Atlantique Nord... On a vraiment de la chance d'en rencontrer. Quand je vais dire ça au capitaine !

Une espèce
en voie de disparition

La baleine franche mesure jusqu'à 16 mètres.
C'est l'espèce la plus chassée. Les premiers
chasseurs de baleines, les Inuit d'Alaska
(au nord du Canada) mangeaient sa viande.
Avec sa graisse, ils s'éclairaient et
se chauffaient. Ils utilisaient aussi ses fanons
pour fabriquer des outils et des armes.
Mais, entre 1860 et 1950, les Japonais,
les Américains du Nord, les Norvégiens et
les Basques (ils habitent le sud-ouest de
la France) l'ont tellement chassée qu'elle
a presque disparu. Aujourd'hui, il n'en reste
dans le monde entier qu'un petit millier.

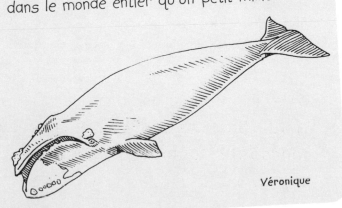

Véronique

À présent, nos baleines ont disparu sous la surface. Toutes, sauf une, qui fait demi-tour. Sa tête est énorme et très effrayante.

– Oh, non, elle vient droit sur nous ! Elle va nous renverser !

Heureusement, la baleine se contente de tourner autour du sous-marin. Se roulant sur le dos, elle lève une nageoire et

semble s'éloigner. Je pousse un soupir de soulagement. Mais voilà qu'elle revient et agite de nouveau sa nageoire !

– C'est drôle, je crois qu'elle nous fait signe de la suivre...

– Alors, suivons-la ! décide Thomas.

La baleine semble nous attendre. Elle nage lentement tout en gardant une nageoire dressée à la surface.

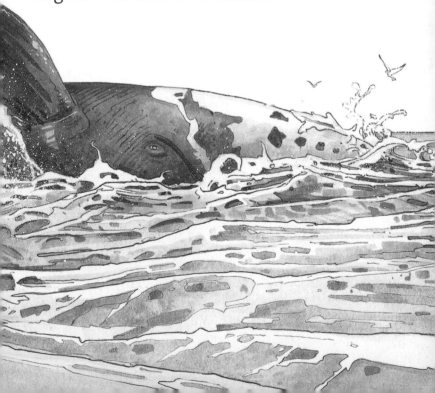

– C'est une maligne, constate Thomas. Elle se sert du vent pour avancer, utilisant sa nageoire comme la voile d'un bateau....

À force de la regarder nager si tranquillement, j'oublie presque que nous sommes toujours perdus au beau milieu de l'océan.

Tout à coup, une ligne sombre apparaît sur l'horizon. Je crie :

– Terre ! La baleine nous ramène à la maison !

Une vedette rapide, qui ressemble étrangement à notre Bus magique, se dirige vers nous, moteur à fond. Sur le pont, le capitaine agite les bras :

– Ohé, moussaillons ! Désolé d'arriver un peu tard, on a fait aussi vite qu'on a pu.

Bientôt, nous posons le pied sur le pont du Bateau magique. Mlle Bille-en-Tête nous rejoint. Elle saute de joie en nous voyant sains et saufs :

– Eh bien, on a eu du mal à vous repérer ! Mais, apparemment, vous n'avez pas eu besoin de nous pour retrouver la direction de la terre ferme...

– Un ami nous a un peu aidés, avoue Thomas. Un ami de 60 tonnes, avec des nageoires.

À cet instant, notre baleine fait le tour du bateau-bus et plonge en levant bien haut sa queue pour un dernier au revoir. Je lui réponds d'un signe de la main :

– Adieu, et merci pour ton aide !

C'est déjà l'heure de rentrer au port. Je me tourne vers Mlle Bille-en-Tête :

– Finalement, c'était une super sortie. Les baleines, ce n'est pas si terrifiant. Il suffit d'apprendre à les connaître !

9

Un ange gardien

Le lendemain matin, Mlle Bille-en-Tête nous attend avec une surprise. Le panneau d'affichage est couvert de photos de cétacés. Leurs noms sont écrits dessous : Scooter, Tommy, Roquette et Ange.

Un brouhaha emplit la classe. La maîtresse frappe dans ses mains pour obtenir le silence :

– Les enfants, écoutez bien. Je voudrais vous présenter un nouvel élève.

– Un nouveau ? s'étonne Ophélie. Fille ou garçon ?

– Je ne sais pas encore. C'est vous qui choisirez. En fait, il s'agit d'une baleine !

Ça y est : notre maîtresse est tombée sur la tête.

Je ne veux pas la vexer, mais il faut bien que quelqu'un le lui dise :

– Heu... vous croyez qu'une baleine rentrera dans la classe ? Vous allez construire un aquarium à la place du gymnase ?

– Notre protégé restera chez lui, dans l'océan, répond-elle en riant. Nous allons juste l'adopter... de loin. Nous donnerons de l'argent à une organisation qui étudie les baleines et les protège de dangers comme la pollution ou la chasse illégale. En échange, ils nous enverront des photos de notre baleine adoptive et nous donneront de ses nouvelles.

– Mais où va-t-on trouver cet argent ? s'inquiète Anne-Laure.

– J'ai pensé qu'on pourrait vendre nos coquillages, ceux qu'on a ramassés après la sortie en bateau.

Anne-Laure regarde avec regret son plus beau coquillage. Elle soupire :

– Est-ce qu'au moins on a le droit de choisir notre baleine ?

– Pourquoi crois-tu que j'ai affiché ces photos ? lance la maîtresse.

– Et comment les chercheurs peuvent-ils reconnaître toutes ces baleines ? demande Anne-Laure.

– Grâce à leur couleur, bien sûr, mais aussi à leurs signes particuliers, comme de vieilles cicatrices, ou encore les boursouflures sur leur tête.

Nous examinons attentivement toutes les photos. Mais laquelle adopter : Scooter la baleine à bosse ? Tommy la Grande Bleue ? Roquette l'orque femelle ? Ou Ange la baleine franche ? Il y a aussi des rorquals communs, un couple de bélugas, vivant dans les eaux du Canada, et différents dauphins. Difficile de choisir...

,1,5 m

2 m

9,5 m

14,5 m

18,5 m

31, m

– Si on prenait Scooter ? propose Kicha, qui adore le chant des baleines à bosse.

– Non, plutôt Tommy, dit Thomas, l'admirateur de baleines bleues. En plus, on a le même nom.

– Et pourquoi pas Ange ?

Les autres se retournent vers moi.

– Bonne idée, Véronique, approuve Thomas. Après tout, c'est une baleine franche qui nous a sauvés. C'est un peu notre ange gardien... OK pour Ange !

– Je vote pour Ange, renchérit Carlos. C'est franchement une bonne idée !

– Je trouve aussi, approuve Ophélie.

– D'accord, dit simplement Anne-Laure.

– Va pour Ange ! conclut Mlle Bille-en-Tête. Et, en attendant, si on cherchait des renseignements sur d'autres baleines ?

Fin

Il faut **protéger** les baleines !

Autrefois, la chasse à la baleine faisait vivre de nombreuses personnes dans plusieurs pays, dont la France. Aujourd'hui, nous n'avons plus besoin de sa graisse pour nous éclairer ou nous chauffer, et le plastique a remplacé les fanons.

Seuls quelques pays pratiquent encore la chasse à la baleine, dont la Norvège et le Japon. Là, les baleines de Minke, les cachalots et d'autres espèces sont tués pour leur viande et leur huile.

Les écologistes pensent que la chasse à la baleine devrait être totalement interdite. Il existe des lois qui limitent le nombre de baleines tuées chaque année. Certaines espèces, comme les baleines bleue, grise, franche et à bosse, sont protégées. Ainsi, nous pouvons continuer à les admirer sur tous les océans de la planète.

Si tu as aimé ce livre,
tu peux lire d'autres histoires
dans la collection